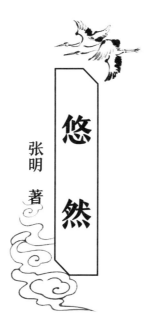

悠然

张明 著

北京燕山出版社

图书在版编目（CIP）数据

悠然 / 张明著 . -- 北京：北京燕山出版社，
2020.1

ISBN 978-7-5402-5736-1

Ⅰ. ①悠… Ⅱ. ①张… Ⅲ. ①诗集 - 中国 - 当代
Ⅳ . ① I227

中国版本图书馆 CIP 数据核字 (2020) 第 005309 号

悠然

责任编辑：朱菁 涂苏婷

出版发行：北京燕山出版社有限公司

社　　址：北京市丰台区东铁匠营苇子坑路 138 号 C 座（嘉城商务中心）

电　　话：010-65240430（总编室）

传　　真：010-63587071

印　　刷：廊坊市新景彩印制版有限公司

开　　本：880mmx1230mm　1/32

字　　数：100 千字

印　　张：9

版　　次：2020 年 7 月第 1 版

印　　次：2020 年 7 月第 1 次印刷

定　　价：40 元

出版发行：　YSP　北京燕山出版社
BEIJING YANSHAN PRESS

序《悠然》

王玉民

我的老家白家庄，隶属宫里镇。

这宫里虽是弹丸之地，来头却不小。传说当年汉武帝东巡，就在这小镇下榻。皇帝老子只住了一宿，人们却要提前几年大兴土木，营建行宫。清代诗人朱笃诗"至今宫里镇名旧，当日神祠几废邱"即道出了宫里的由来。大墙内"白头宫女"形形色色的桃色故事，至今在宫里一带流传不息。白家庄与宫里一河之隔，比弹丸还弹丸。别看村子不大，却是自古地灵人杰。大清出过进士爷，民国出过三任县长、一个游击司令、一位国大代表。即便现下，什么博士、硕士的也能收敛一大堆。

我与张明识荆，张明自报家门，说他是白家庄人。见我一脸的狐疑，张明又说，他祖上是旗杆院的。我愕然了——你是老进士的后人？说起旗杆院，我们之间话题就多了。大清光绪年间，白家庄张洪瑞高中进士，大门前竖起了高高的旗杆，门楼两侧各有一块丈余长的上马石。我小时候，那旗杆座、上马石都还在。每每与玩伴们爬上爬下，天长日久，上马石被磨得溜光可鉴。

"你是老进士的第几代孙？"

"我祖父张长钊是老进士的三世孙。到我这一辈，是第五世了吧。"

"你祖父是张长钊？"听到这名字我马上肃然起敬——张长钊，黄埔军校毕业生，被日本人的狼狗活活咬死的。

说起来，白家庄张、王两家也算世交。而今却是大水冲了龙王庙。"这不怪您，"张明说，"我父亲自幼移居北宅村，在我姥姥娘家长大并落户，我出生于北宅村。"

一来二往，我与张明成了忘年交。张明供职于新矿集团高级技校，教余喜欢舞文弄墨。时不时与我微信，将他刚出炉还冒着热气的诗文发给我。分享着张明的诗与文，我不自觉地便想起了"隔代遗传"这个生物学名词。老进士诗书双绝，白家庄周围数十里散布着不少他撰文、书丹的石碑。文行云流水，书铁画银钩。特别令人称道的是他的榜书，传说他连写十八个"大"字，叠起来放在太阳地里一照，如出一辙，毫厘不爽。老进士之后，没听说张家出过文人。没成想到了张明这一代，祖坟上又冒起了青烟。摆在我面前的这本《悠然》，便是张明传承文脉的大成之集。

我喜欢张明的诗，原因有四。一是我读得懂。鲁迅先生说："但要启蒙，即必须能懂。懂的标准，当然不能俯就低能儿或白痴，但应该着眼于一般的大众。"余生也晚，本就浅陋，虽不在"低能儿或白痴"之列，但充其量也就是个"一般的大众"。"举头望明月"之类的尚能略懂一二，至于现下诗坛那些个云山雾罩，疯人呓语般的

"朦胧诗"，鄙人却是擀面杖吹火——一窍不通。张明的诗歌不玩弄技法，不故弄玄虚，言简意赅，直抒胸臆。写家乡：小溪潺潺＼跳荡着儿时的欢笑＼乡路弯弯＼镌刻着甜美的童年(《乡情》)；写春天：彩枝刷靓了山林＼绿丝拂碧了涟漪(《春思》)；写爱情：尽管风雨吹淡了岁月＼世事虽把日历翻薄＼可情感的火花＼却愈来愈强＼愈闪愈烈(《你》)。读起来朗朗上口，不觉高深，不感晦涩。人说，由俗到雅易，由雅到俗难。纵观张明的诗歌，已初步完成了由雅到俗的转变。于"一般的大众"来说，是一种易消化、易吸收的"食粮"。有人可能说，张明的诗太直白。我反问一句：难道大众读不懂的诗，就是好诗吗？

我喜欢张明的第二个原因是他的诗歌有温度、有情感。古人云：感人心者，莫先乎情。情是诗歌的精髓，是诗歌的灵魂。诗贵真情，一首诗缺了情，便犹如先天不足的婴儿，哭笑皆呈有气无力状。乾隆皇帝毕生赋诗十万首，被伏尔泰誉为"诗人国王"，但有几首是老百姓记得住的？"文革"时小靳庄那些个似标语、如口号的"诗歌"，就更不用说了。这些诗歌，最大的问题是缺失了情。记得意大利男高音帕瓦罗蒂来中国时，不少歌迷向他询问演唱技巧，他说："我的歌声不过是内心情感的自然流露罢了。"唱歌如此，写诗又何尝不是如此呢？张明的诗歌之所以动人，就是因为他擅于从自己感情的胶片上和心灵的最深处发掘动情和动心的事入诗。张明现居北京，面对车水马龙的京都繁华，他却整日忧心忡忡。他思念故乡：不要老是把思念挂在枝头＼那样，会在推窗时＼扑进心里的＼总是满满的乡愁。身处首善之区，张明不止一次地吟哦：故乡啊，故乡＼卸去一身的尘沙和疲惫＼回到您的身旁＼那时，才真正明白什么是天堂

（《故乡》)。有读者可能要问，既然如此，何不尽快回到故乡的怀抱？张明纠结道：雪花不解舍中人＼移寄他乡身是客＼只为儿亲(《浪淘沙·雪中静思》)。张明的母亲早逝，思母也是他行吟的主题：树思静＼风还动＼孝难倾＼苍苍数载虽去＼泪痕更重重＼可到大川名岳＼可去江海湖泊＼见母却成空＼世上首当孝＼尽孝宜早行(《水调歌头·思母》)。除此之外，张明的笔还饱蘸浓郁的情感，写了手足之情、同窗之谊、师生之交……诗是一种看得见的情感的流动。张明的诗歌因为有情有爱，所以不需要刻意雕琢，任其从心灵深处流淌出来，即可拨动读者心弦，产生催人泪下的力量。诚如艾青所言——为什么我的眼里常含泪水？因为我对这土地爱得深沉……

　　我喜欢张明的第三个原因是他的诗歌出自生活，源于地气。无论是友聚、宴饮、观景、赏花，还是乡思、节庆，乃至梦景都进入了张明的诗歌……他将生活中的所见所闻所感经过加工、提炼，结晶成心灵之歌，唱给自己，也唱给读者。他的诗歌因为源于生活，极易让读者产生共鸣。张明在新矿集团高级技校摸爬滚打了三十多年，其间撒下了汗水，也倾注了心血。他将这所学校的发展变化得心应手地写进诗歌：岁月翻卷＼世事变迁＼弹指间＼技校的脚步＼已走过了三十年＼回想当年＼乱石成山＼沼泽片片＼举目四望＼狼藉生烟＼看今朝＼路幽林荫＼芳华满园＼翠山静湖＼彩泉飞溅……（《技校颂》)张明的这首诗曾经有一阵在技校师生中广为传颂，究其原因，就是因为其中的生活气息感染了众人。张明现已离岗，但这所学校却不时勾起他美好的回忆：高楼里＼集聚着学子的智慧＼广场边＼飞扬起求知的宏愿＼灯光下＼闪耀着人生的希望＼杨柳岸＼生长起生命的支点(《技校颂》)。张明笔下这些回忆，把对职业的热爱、对岗位的留恋状写殆尽，让人明显感到了他从教生活的丰富多彩。尽管这所学校因诸多原因现在已渐趋式微，但张明对她依然情有独钟，充满希望：一代一代的技校人噢\迈出的是坚实的脚步\实现的是共同的夙愿\让我们携起手来\共铸技校\更加美好的明天（《技校颂》）。生活是一座气象万千的矿藏，它具有迷人的富有，神秘的未知和深藏的希望。生活比之人内心，拥有更为广阔、深邃的世界。情之所由生，全在于生活。张明作为一个普通教师，长期在生活深处磨炼、沉潜，并具备了将生活巧妙入诗的技能，因而他的诗歌往往能够打动读者。

记得毛主席在给陈毅同志谈诗的一封信中指出："诗要用形象思维，不能如散文那样直说，所以比、兴两法是不能不用的。"张明的不少诗歌做到了"以彼物比此物"，"先言他物以引起所咏之词"。随手拣出一首，即可略见一斑："情意是把扇子\赶走的是炽热\带来的是凉意\情意是把伞\顶开的是烈日\遮住的是风雨\情意是陈年的酒\品在嘴里\更醇在心里。"这首名为《情意》的诗，之所以让人回味无穷，与比兴的熟练运用不无关系。此乃我喜欢张明诗歌的第四个原因。

诚然，张明的诗也并非无懈可击。首先，在语言的锤炼上，尚缺乏"吟安一个字，捻断数茎须"的精神。诗的语言应该是凝练浓缩的，清新脱俗的，独具个性的，让人吃惊的。所谓"两句三年得，一吟双泪流"即指此而言。张明的《悠然》不少地方用词欠缺推敲，给人的感觉太随意，不严谨，有时甚至出现用词不当的现象。为诗并非易事，"为伊消得人憔悴"乃诗人的必由之路。如果一个写诗的人在语言运用上从来没有苦恼过，没有困扰过，我敢断言，他离一个成熟的诗人距离尚远。

张明的部分古体诗，在平仄、对仗的运用上缺憾也不少，希望张明多学习一些有关诗词格律的知识，弥补不足。另，古体诗须有诗眼，方能传世。设若没有那句"人面桃花"，谁会记得崔护大哥贵姓？张明的古体诗泛泛叙事者多，发人深省的诗眼往往提炼不出来，这是写诗的大忌。

我这人喜欢直言，该说的不该说的啰唆了不少。打住，是为序。

己亥夏月于平阳行知厅

目录

>>> 鸿起静处 <<<

经年印思

乡情

吹一阵轻风
捎去我无眠的记忆
洒一阵细雨
融下我永恒的思念

候鸟知途
别离只是为了明天
尽管千里是那么遥远
他乡儿女
不变的是深深的眷恋

小溪潺潺

跳荡着儿时的欢笑

乡路弯弯

镌刻着甜美的童年

田野上

萌动着希望的种子

油灯下

生长着知识的灿烂

故乡啊，故乡

我生命的摇篮

家乡的小路

家乡的小路
曲曲弯弯
每一段里
都有我生命的驿站
尽管窄窄短短
却是我远航的船

家乡的小路
坎坎坷坷
那是我磨砺意志的剑

春天里
是你伴着春风
扬起了我奋进的宏愿

夏日里

是你的炙烈

炼就我不灭的信念

秋夜里

是你和着月光

照亮了征程上的孤帆

冬日里

是你的凛冽

打造我意志的强健

家乡的小路啊

是你消融我跋涉的汗水

托起我追求人生的瑰丽

鉴定真伪善恶

才使我的理想

提升伸展

友情依依

八八级电工班同学
毕业十年聚会之际，欣然而作

轻轻地你走了
正如我轻轻地来
聚散相依
已成为我们共驻的情怀
岁月在轻轻中流逝
人生在轻轻中延续
真挚的情感携着绿意
轻轻地触摸我的记忆

书声依稀
笑影朦胧
校园里你轻轻漫步
教室里你编织梦想

信念在笔墨中坚定
希望在求知中生长
那是流金的岁月
那是嫩绿的飞扬

清纯智慧在这里集聚
友谊个性在这里张扬
星辰阳光沐浴殷实的脚步
绿茵花香潮润着你的成长

轻轻是你我的情怀
更是我的祝愿

轻轻地我走了
正如你轻轻地来
尽管聚散离合
时光不再
但挥之不去的
依然是师生的友谊
和再次相聚的期待

曾经

曾经是一道雨后的虹
亮丽闪过
留下记忆的彩
意境的永恒

曾经是一首难吟的歌
轻轻唱过
琴弦再响时
依然拨动胸中的情

曾经是一杯陈年的酒啊
真心品味
溢出醇
飘着烈
更诉说着不耐的尘封

相聚

相聚是那么短暂
相别又是那么匆然
为了统考奋笔纸间
可师生间
只能留下惜惜的遗憾

你

也许花丛里

你并不独特

也许人海中

你并不显赫

但，你是我心中的那"一颗"

梦里你像星星守护着我

干涸时你像雨露滋润着我

尽管风雨吹淡了岁月

世事虽把日历翻薄

可情感的火花

却愈来愈强

愈闪愈烈

十五抒怀

明月香飘团聚日
举杯邀友共此时
来年又到花飘雨
空对酒杯不见君

云淡风轻

尽管云淡风轻

你可听到波涛的汹涌

看似日丽天高

你可感到电闪雷鸣

那是情感的涌动

那是友谊的轰鸣

但愿阑珊处

有一点和声

体验

人生有多种体验

人生也有多种情感

友谊的建立

不在长短

情感的存在

也用不着用天计算

尽管你我相识不算久远

可我的心底里

已是彩霞满天

悠然

悠然置世外
独坐草亭中
彩蝶何飞去
相思不相逢

兄弟赴铁山

北望风急瑞雪飘
雪花手握乐逍遥
感时痛饮三千盏
只为一生情性好

又至风啸

又至风啸

独看东逝水

烟也袅袅

雾也袅袅

此情无计可消

伫立夜中

单听西厢月

柳也渺渺

月也渺渺

灯火稀时你否

眷恋

那是一片真诚的祝福
没有什么附加的条件
只希望在遥远的地方
留有我最虔诚的祝愿

不希望有什么奢求
更不希望有什么笑谈
只希望彼此间
留下一丝丝的眷恋
哪怕过去一百年
我们的情感永不变

独坐

晚霞余照抚丝发
独坐窗台观景时
往事眼中如影现
问君前路有谁知

夜空与星星

如果你是夜空

我就是那星星

星星因为有了夜空

才有了自己的星座

夜空也因为有了星星

才不感到寂寞

夜空啊

你总是那么宽容与豁达

无论星星划向何方

你依然痴痴地守望着

星星与夜空相比

是很渺小

但炽热的心儿

透放出的莹莹小光

总把夜空闪亮

相依相伴

坎坎坷坷

相惜相恋

共患共挽

不变的情怀

画出同一条轨迹

共同的志愿

唱响同一首歌

迈向那同一个远方和诗篇

征途

大漠风沙烟似柱
驼铃幽处是人家
途尘卸去堡中聚
回望征途仍念她

谊

谊满圆桌情飞扬
十年又聚兄弟长
风尘一路来相聚
只把今乡当故乡

故人行

风摇竹叶月朦胧
窗外池塘阵阵声
月伴友亲来作客
他乡怎晓故人行

心中相见

都说相识总是缘
都知相逢总是短
假如长久是诗篇
我却认为曾经更灿烂
长久与曾经
只是时空的概念
情海茫茫
怎能系于这一点

常言道
两情若是久长时
又岂在朝朝暮暮
今日不见
明日不见
只求心中相见

牵着你的手

牵着你的手

人生无尽头

走在小巷里

也觉尽风流

相爱的路上

没有什么奢求

只希望相伴到永久

饥渴时你是一股清泉

迷茫时是你牵着我的手

寂寞的沙丘上

你是悠悠的驼铃

荒芜的戈壁上

你是那一片绿洲

牵着你的手

今生来世我们一起走

清明

又至清明亲友聚
林中深处雨纷纷
一年一度坟前坐
谁解儿女见母心

曾经的岁月

华灯闪亮

那是因为你在身旁

星星闪亮

那是因为我们拥有共同的理想

虽然离别是那么悲伤

但我依然觉得曾经的岁月

是我们心中不灭的太阳

心系沙滩

兄弟病时所写

屈身病榻志冲天
正气一身是浩然
心系沙滩为来日
卧薪尝胆续新篇

思君

小雨倚窗望南山
微风摇柳意连连
窗前静泣思君泪
何日梦归我身边

相约游湖未到

松摇雾色烟渺渺
静立湖边意飘飘
有意乘船去山里
谁知故友不应邀

中秋夜思

昨夜骤然风满天
披衣静坐不能眠
莺声凄婉撩思梦
往事如潮挂眼前

梦思

梦中结伴并肩行
小憩街亭坐无声
窗外忽闻吠声起
起身四顾乃家中

听兄弟林中唱歌

又闻窗外歌声起
歌罢一曲又一曲
酷暑寒天声未断
人生何处不欢娱

春思

春绿了
候鸟在轻轻的春波里
倾吐着细语
小河里的软荇
飘散着春的气息

彩枝刷靓了山林
绿丝拂碧了涟漪
晨辉弥漫着馨气
当阳正悄悄地舒展着春意

余晖啊
蒸腾的瑰色
不正是那往昔的回忆
我，无语

秋思

霜天极目看飞雁
碧水悠悠绕身边
莫道尘尘似心愿
黄沙扬过碧云天

登黄鹤楼

九衢商贾帆帆立
鹦鹉洲旁几春秋
飞渡一桥似虹彩
翘首黄鹤颂神州

吉祥钟鼓蛇山贯
龙跃楚江月中游
枪起辛亥震天下
洋洋华夏尽风流

乐逍遥

醉卧沙滩君莫笑
闲居山野自知晓
不求今世展宏志
只为性情乐逍遥

学校运动会（二首）

< 其一 >

像风
那是你矫健的身影
像燕
那是你风采的展现
更快、更高、更强
是你我共同的志愿
创造和谐
更是我们的情感
愿我们塑就一次盛会
愿我们共铸一片
属于自己的蓝天

< 其二 >

一抹骄阳
一片绿
一群骄子
一时新
骄阳映春绿呈志
骄子奋发塑新人
运动激起千层浪
拼搏唤醒我精神
为创平安和谐校
征程路上写青春

云台山

云台雾起水缥缈
峰峭擎天不自骄
秀外内奇小九寨
谁说豫北不妖娆

送教官回徂徕山

面对青山不自主
白云碧水意悠悠
若能它日徂徕住
今世还能几奢求

徂徕颂

鲁中有徂徕
巍峨比岱宗
汶水胸前过
松涛拂杞城

六贤寻幽居
粱父千古名
历经风雪雨
傲然耸立中

徂徕抒怀

碧水连天云雾飘
青山矗立醉松涛
鲁中大地聚神秀
情系杞都乐今朝

坐看庭花

当空皓日西风劲
碧水犹蓝涛浪紧
坐看庭花院中落
闲庭信步能几人

玉盘西挂

玉盘西挂
冷冷清清
凉风轻催赶路人

鹊儿双飞
叽叽喳喳
晨曦抚醒孤独客

敬业湖

学校办公楼前人工湖

春明潭碧露莲容
柳影花姿映水中
荷上蛙声谁解语
一潭静水颂春风

邂逅

国风唐韵有遗篇
六逸竹前倩影显
邂逅举杯论乡事
徂徕千古是仁山

忆李白

徂徕贤士居
六逸聚欢娱
溪水绕竹过
松风醉云雨

邀来明月叙
对酒成诗歃
独秀峰边坐
待等信至隅

寒雨飘过

寒雨飘来降冷霜
一枝斜过盼当阳
鸟儿缩体依巢里
抬望才知船满江

游颐和园

万寿凌霄秀园开
佛香阁上信徒来
玉泉倒影成佳趣
胜景江南苏州街

眺望西山文昌上
十七孔券金光塞
昆明湖映颐园景
景绕亭廊人徘徊

古训

家规古训不可违
事事谦恭守口碑
一日一习身边事
抱得忠孝义所归

相聚

秋月同学聚泰中
凭窗犹忆旧岱宗
三十二载求学梦
试看今朝处处红

同学情

相逢是一种缘分

相离是一份牵挂

我们因相逢种下了不灭的种子

三十二载已茁壮强大

我们也因相离

情怀变得愈来愈凝重

然而一经想起

心中便会涌起美丽而强烈的浪花

捧在手里

那是因为有胜似兄弟的情义

放在心上

那是因为有过相同轨迹上的意气风发

同学们

尽管时光已如梦流转

世事更迭不断

但是情感的字典里

永远有你、有我、有他

因为，我们曾经有过一个共同的家

兄弟情深

为兄弟调内蒙古而作

江边雾绕人影稀
路上忽闻马蹄急
都是人间重情客
弟兄情意种心里

相约

与友相约品茗，未至

独在书阁倚窗望
风轻月夜思寻中
华灯楼彩捧明月
月影星随挂苍穹

榻上斜依抚思绪
案头反侧不能明
相约今夜来相聚
何以更深伴孤灯

相约天颐湖

情浓意切来相聚
漫步湖边柳依依
但愿君才如意现
天颐湖上展英姿

知音

古来才子多情愁
为觅知音下九州
俞子鼓琴传佳话
谁能解我情与忧

聚会抒怀

青云湖畔送轻风
斜倚窗前忆汶城
回望同学求索梦
扬帆过后正当红

感慨

身卧紫台意悠悠
临窗杉木暗递秋
品茗静想胸中事
感慨如潮剪又愁

聚会有感

别梦依稀咒逝川
故园三十九年前
深思回望同学事
故里辞别聚汶边

携手寒窗舒壮志
云帆直挂谱新篇
喜得事业推前浪
定让宏图似鹏展

思念

在那静静的草原
翻折着不变的思念
仰望蓝蓝的天空
梦回残阳柳岸
不眠的夜啊
只有星星在招手
啊，谁能抚慰我心中的挂恋
谁，又能捎去我殷殷的期盼
真想
真想，依偎在从前

青山有情

忽如一夜秋霜至
满目凄孤思绪纷
山岭有情扶游子
何愁绿水不绕身

凤栖湾

凤栖一湾水
凰彩一片天
湾水映明月
柳丝醉栖湾

岱宗拥祥地
汶水绕身边
如意祥和园
胜如仙景间

情意

情意是把扇子
赶走的是炽热
带来的是凉意

情意是条绳子
一头牵着的是我
另一头系着的是你

情意是初春的风
吹绿了山河
更吹绿了人的心底

情意是艘船
起航于彼岸
驶向的是故里

情意是把剪子
剪掉的是邪恶
留下的是真理

情意是火
烧去的是杂质
炼出的是纯金

情意是把伞
顶开的是烈日
遮住的是风雨

情意是电
黑暗里送来光明
期盼中捎来消息

情意是山中的泉
润绿了山坡
也给山里人带来了生机

情意是陈年的酒
品在嘴里
更醇在心里

情意啊
你是人间的真
更是尘世的魂
尽管难觅
人生何时不找寻

光荣

教坛执笔几十载
桃李广播为俊才
学识浅薄责任在
只求回望彩满斋

登老寨山

观王美人尼庵感怀

苔覆孤庵香梦散
空留佳话在人间
平头自古薄情命
皇梦醒来一朝还

和金一诗

闻业站赞弟，欣然，
又看弟诗，悦然，并和之。

志伴识增秀身中
艺随技长踏歌行
谁言岁累吾已老
翠翠笛声正年青

我曾走过

那是高山，峻峭巍峨
那是江河，暗流狂波
那是森林，迷茫幽深
那是沙漠，荒芜干涸
这世间的万物啊
早已有了定律
可青春的涌动
促使我曾走过

尝试，事业才能新生
体验，正是智者的选择
当岁月从指间滑落
中流击水
方显英雄本色

斗转星移
物换事昨
可待到花儿烂漫时
绿荫处，摇着童车
徜徉在人海中的我
正倾听生命的交响曲
那，低婉醇厚的乐章
尽情地回味，回味着
——我曾走过

聚会于虎山下

虎山溪畔虎山风
菡苕时节聚泰中
相望无声心自晓
义比岱岳弟兄情

聚会抒怀

这，不仅是聚会
更是心灵的碰撞
感情深处的呐喊
是迟来的爱
久违的心愿

回眸从前
你曾否在心路的沙漠上
望眼欲穿，翘首以盼
你曾否孤灯下静思
月光下难以入眠
你曾否踯躅街头
梦回晓风柳岸
你曾否山顶上抚云
如梦如幻，忆想当年

这是至真至纯的同学情啊

这是你我修来的今生来世的缘

江河为我们倾诉

杨柳为我们缠绵

踏遍辞海也难以诠释同学的情感

珍惜吧，同学们

珍惜我们的相聚

珍惜我们的情感

更珍惜今后的每一天

春天的梦

依依杨柳
摇曳着醉人的春风
嫩绿的小草
和韵着生命的激情

初归的燕儿
呢喃着生活的蓝图
碧空中的浮云
变幻着人生的梦境

河岸上漫步
沉淀着成熟的思绪
黄昏的炊烟
扶摇着故乡的温情

春天啊

你是多情的温床

更是多梦的时令

在你的身边

怎能不升腾起如潮的憧憬

童年的梦

少年的梦

成长的梦

都曾与你相伴相生

亲如从前

风只过耳边
彩只现眼前
兄弟的情感
却是至真至醇
深厚久远

也许，是一时的不解
也许，是个别的不便
但，当雾散云去时
兄弟间的情感
胸中的爱恋
依然彰显
亲如从前

仰望彩虹

仰望彩虹

心中充满着憧憬

那七彩的叠加

就像春花在涌动

瑰丽的弧线

丰富了我的梦境

些许挂着的雨气

不是你的稚嫩

而是使红者更红、青者更青

彩虹啊

你的出现不仅渲染了天空

也增添了生活的内容

可谁又去想

你却孕育在风雨中

仰望彩虹

你使我多了些沉思

也多了几分宁静

家乡的湾

小时候
我常常来到村边
村边有个小小的湾，小小的湾
杨柳绕湾行噢
湾中鸭成片
捧一把湾中的水
洒向我的脸，乐在我心间

长大后
我又来到了村边
村边的湾里花正艳，花正艳
四周楼房起噢
小亭湾中建
走一走湾边的桥
潇洒伴我行，壮志冲云天

啊……

家乡的湾

我心中的湾

哪怕游子行千里

对你的情感依然，依然

家乡的湾

你永远是我心中的挂念

天颐湖

有过许多的经历

也有过许多的期盼

天颐湖啊

自从见了你

我的梦常萦绕在你的身边

清新是你的品质

俊秀是你的笑脸

站在你的身边

让人们倍感风光无限

有过许多的憧憬

也有过许多的思恋

天颐湖啊

自从见了你

我的心就荡漾在你的水面

沙滩是你的热情

烟雨是你的诗篇

拥有你的舞台

美丽的歌声定能飞向天边

天颐湖赞

天颐湖艺术团成立之时

你从山中走来
轻轻地带着泰山的抚爱
你汇积小流奔向大海
却情系着这方尘埃
你是圣山的娇子
你与黄河一脉
你是汶水上的明珠
你把泰山儿女的情感承载

天颐湖啊
朝霞里你金波荡漾
骄阳下你把清凉送来
烟雨中你浸润着人们的心田
沙滩上堆晒着幸福的情怀
涟漪把杨柳轻摆

鸟儿为琴声喝彩

夕阳添上了一抹彩虹

歌声好似天籁

天颐湖啊

你流淌的是求索者的脚步

你汇聚的是智者的情怀

你把人们的梦儿托起

你把泰山文化传载

你彰显着人们的智慧

你又为艺术构建平台

友谊在这里传承

歌声在这里飞向天外

事业在这里腾飞

希望在这里展开

天颐湖啊

愿你伴着日出和着涛声蓬勃奋起

愿艺术在这里成长精彩

富民政策

昨日黄土绕素身
今朝宝马卧庭门
谁说农子无出日
春暖时节处处金

客居

桂落时节进京城
满腹惆怅踏莎行
乡音暗宿吐新语
一片乡情日日升

夜雨

夜半醒来望窗外
天空暗暗隐星光
忽然电闪雷鸣起
小雨沙沙已入房

衷肠

都笑智者狂
任尔话飞扬
细品痴语后
谁解此衷肠

舞

曼妙姿盈任尔舞
身轻步巧似名姝
转得仙境舒广袖
一觉醒来梦如初

忆先贤

辞赋风流才气高
性情飘逸乐逍遥
人生不恋高官禄
闲淡悠适度暮朝

会后有感

长冗本无市
今成好素质
时间练庸将
别样正逢时

日子

日子
时时相伴
却不知就在身边

日子
事事为伍
却总以为来去自然

当岁月急呼时
才明白
日子恰似长江东逝水
一去怎会复还

悔、悟、恋
为何总把往日

只作从前
难道就没有一丝留恋

为何拥有今日
匆匆忙忙
事事只是木然
假如永把今天当作过客
明天怎不擦肩

珍惜吧
不要只把明日盼为今天
更不要把今日作往日的翻版
恰同学少年
惜时如金
方为智者风范
把握今日
才会有更美好的明天

故乡

站在久违的大门口

凝视着前方

想极力找寻儿时的墙缝

那里塞满着

欢乐的记忆

和挥之不去的时光

让些许旧事

来聊慰我心中的乡愁和忧伤

黝黑的灶台

飘出的几缕炊烟

以原始的姿态

唤醒了我心灵上的彷徨

多年沉积的血性

重又回到了久别的故乡

那口已填平的水井
似乎还在反照着旧时的月光
大门上的风旗
依旧顺着故乡的方向

啊，院中的老槐树
枝叶间挤出的阳光
直射进我沧桑的心房
那旧式的椅子
坐在上面
就像坐在生命的方舟上

我轻轻地走在田埂上
哼一曲乡音
伴着路边枝叶的飘舞
随村西的河水
让生命入韵的流淌

故乡啊，故乡

卸去一身的尘沙和疲惫

回到您的身旁

那时，才真正明白什么是天堂

忆江南·思乡

冬又至

清冷印窗花

静立窗台举目望

沉思伏案泪沾纱

独处更思家

浪淘沙·雪中静思

窗外雪纷飞
书案依身
雪花不解舍中人
移寄他乡身是客
只为儿亲

触景又沉沉
往事如云
如今方晓母慈心
默默如烛只奉献
泪尽方欣

蝶恋花·京冬

冬日京北寒气涌

瑟瑟北风

枯叶随风纵

烈烈尘沙独自横

雾霾常顾成风景

眺望燕山横作岭

触景生情

谁解离乡痛

怎奈物非人背井

空寥不见昔人影

水调歌头·思母

仰望雁南飞

阵阵起思情

思亲不见归日

期盼又春风

待到清明柳绿

跪拜焚香祭母

泣过思难平

回望母抚爱

历历刻心中

树思静

风还动

孝难倾

苍苍数载虽去

泪痕更重重

可到大川名岳

可去江海湖泊

见母却成空

世上首当孝

尽孝宜早行

读淑珍老同学"阅友一家亲"元旦诗歌朗诵会有感

浩瀚并非皆起于大海
烟波也许升腾于旷外
当原野润注了生命
美丽就成了自然的精彩
人生不缺少自由
自由却缺少人们的主宰
不要只是漠然的等待
走进去才有别样的世界

款款身姿，盈盈走来
书生卷气，文涌澎湃
举止文雅，谈吐惊骇
聚贤访友，人生最快
所需的不是时间和机遇
而是你自己的投入和安排

当你在时间的本子上留下了墨迹

当你在进取的表格里有你的到来

一曲人生之歌

就会渐浓、渐亮、渐远

震响天外

悄然间

你也许在人海中，尽显风采

念奴娇·同学情

倚窗静立

望远山，雾绕峰峦漫漫

空碧风轻天灿灿

一任神游霄汉

心雾翻飞

思情荡荡

往事眼前显

同窗数载

不了情义相伴

轻轻回望当年

长夜促膝

共话杨柳岸

心境澄明如静水

谱就友情华典

岁月如烟

时光飞转

相聚总为盼

奈何路远

友情依旧伸展

独坐静室

独坐静室
静默起思情
往事如幻如涌
恍如雕塑的我在凝重的氛围里
回味着已去的风景

那蹒跚前行的过往
随思绪的起伏任意的舞动
曾经的我
有时被迫潮头，只能破浪前冲
尽力让生命的扁舟向心往的彼岸靠拢
有时生活的节律平淡低缓
那就让个性和喜好
成长在淡淡的日月交替中

捧卷学书常伴孤灯

品茗沉思

往昔的旧事随清香渐送

并在心底迭出翻腾

趁时光宽松

精心梳理生活的经纬

沉淀着术业的成功

尽量让生活的理念更加澄明

随着茶香

伴着聊赖

让思绪起舞在阑珊中

不是消沉

更是生活的升腾

朋友们

只要心态平静

顺境，逆境

都会酿成永恒的美丽风景

那一天

回望从前
我们有太多的回忆和流连

昔日的篝火尽管早已烟消云散
但篝火燃红的热烈和友情
也像草原一样广博悠远
烟雨中的江南柳岸
轻轻地抚醉了我们的双肩
几曾怀疑是在天上还是在人间
五岳名山雄秀擎天
领略中坚定了我们的进取
也腾升着我们的理念
茫茫大漠一柱孤烟
戈壁风情流连忘返
山河壮美尽情饱览
走出家门愉悦灿烂

更是提升的开端
然而，最让人铭心激动的是
2017 年 7 月 8 号的那一天

那一天
感天动地，天蓝云淡
轻风中走来了男生女生
相聚在虎山河畔
四十年的等待
瞬间化作了永恒的灿烂
心底里的苦涩难耐
笑声中云开雾散
泛黄的老照片
记忆着昔日的友情
举手间依然是旧时容颜
相拥恨天长时短
表达成了喜悦的累赘
相望已把情感呈现

握着的手啊生怕分离
举起的酒杯似乎定格在空间

不知何人
把同学喻如手足
又不知何时
把同学推上代代情缘
我说记住当下
不忘昨天
期待着更美好的明天
珍惜吧，同学们
去时渐远
来时为盼
相聚只是欢乐的短暂
心底里的珍藏
才是我们共同的友情家园
不过有了那一天
我想所有的同学
更期待着年年会有那样的一天

北京

燕山横岭锁风寒
永定潮白起北川
千载京都神秀聚
今朝盛世乐团圆

汉字与诗词

我喜欢在汉字里漫步

在诗词中穿行

那独特的方方块块

就像是精美的音符

当你用心灵拾起时

就会在心底里发出悦耳的铿锵

当你打开诗卷

行吟于诗行

仿如起舞在琴弦上

那平平仄仄的律动

就会在耳边萦绕飞扬

每次来到她们的身旁

都会被引领到

一个很深很远的地方

似乎是在与古人对话

又像是在翻阅着历史的纸张

聆听古韵的美妙

饱览旧时的山水和田园风光

横竖撇捺撑起天圆地方

古韵诗律铸就中华情长

诗书礼易民族文化的本源

儒道佛缘影响着人们的思想

这汉字的魅力啊

成就着中华文明

诗词歌赋

把我们的情感飞扬

人的一生就应该行走在这方块铺成的大道上

好去把由诗歌润成的家园探望

哪怕是只平凡的小鸟

在那儿也能沐浴到文化的阳光

我不曾想有过多的奢望

只是觉得人生不应该虚度一场

如果真的与她们相处得久了

人就会渐渐地变了模样

变得愈加成熟、内敛、文雅

变得沉稳、淡然、快乐向上

同时，也会找到自己的人生坐标和正确的方向

站在高高的土丘上

我静静地
站在高高的土丘上
极目眺望着远方
想让视线随风儿
送向遥远的故乡
好把久别的亲人探望
那里有我儿时的记忆
和成长的印痕
还有随日月生长的惆怅

如今的我
就如这土丘上的荒草一样
随风寂寞地摇摆

却无法吸吮故乡的泥香
只能让思绪像离线的风筝似的
在空中沉浮飘荡

也许这时故乡的炊烟已经升起
村西口正缓缓地走来一群山羊
也许林中母亲坟上的小草正向远处招望
似乎在向我说："在外保重，你何时再回家乡"
我何曾不想
只是行囊已经背起
脚步只能铿锵
但是，我的心依旧指向您
——我的故乡

清冷寂寞的寒

寒风把时间推远
似乎要把人们
凝迟在寒九里
慢慢地
接受着冰的体验
雪挽着月光
起舞在人们的心间
就像冰川在心海里流转
纵然，听着爵乐
把空调的温度放到最大
也难以赶走那清寂的寒

昔日的兄弟
快把火锅打开

让温度随月光飘过来

好让我闻到你们的容颜

择日我们看山乐水

槐香中

再去打开山亭的门帘

让目光抒写在蓝天

也让我们的笑声和山风一起缠绵

星星眨着眼睛

劝慰道

莫慌，莫慌

冬日到了，春日怎能遥远

可是，现在的我

怎么也无法把清寂驱赶

只能隔岸回望

那如诗如幻的曾经

和挥之不去的从前

乡愁

不要老是把思念挂在枝头
那样，会在推窗时
扑进心里的
总是满满的乡愁
一只小鸟，片刻的停留
不仅没有抢走我的眼神
反而，使得枝头更加的摇动
我的心里
随又平添了几分愁忧

轻轻地
走向田野
那里是清寂空旷的好去处

满眼的绿苗

青青的杨柳

还有静静漂淌着的河流

我拾步走到河边

那似曾相识的景物

立刻，又笼罩了我的心房

真是，才下枝头

又上心头

骨子里刻进的乡愁啊

无论你到哪里

她，定会一直跟着走

我们的家园

——阅友一家亲

你从轻风中走来
轻风化作了灵动的丝带
你随云儿飘过
空中呈现出如虹的七彩
你如冷冷的清泉
醉响了山崖
你似一支梅花
寒香着一方尘埃

轻轻地
你绘出了一幅清雅的山水
淡淡地
你飞扬出悠悠的清音天籁
你用一束磁光点燃了激情
无形的空间

润泽着有形的世界

北国雄奇，造化神秀

江南烟雨，如浣女般盈盈走来

塞上风情，空旷悠远

大漠孤烟，一柱天外

这，都是你身边流动的云彩

尽管你还年轻

尚显稚嫩

但那霞光般的魅力

定会使我们扬帆未来

你那春雨初霁后的风景

在锦绣如海的艺园里

必将会演绎出别样的风采

看群主照片"晚霞回望宝塔"有感

夕阳走了
却把一抹留恋
彩化了天的西边
晚风中
又将这柔美的锦缎
轻轻地
披在了宝塔的双肩

忽然，孤鹜低唱着飞向了天边
这如诗如幻的画面
引得多情的灯儿
挑起了眼睑

将温情的光亮嵌在了塔的上端
就像夕阳悬挂
温和地看护着我们和美的家园
也好让归途的人们
疏剪对夕阳的不舍与眷念

静穆中的宝塔
似乎在说
不要只顾风景
也不要对阑珊幽怨
朋友，等过了这一夜
又是一个崭新的明天

看照片"天上一个月亮，地上一个月亮"有感

一位秃顶老者江边看红月亮

夜轻红月静无声

楼影婆娑舞江中

何以江边听月语

只因同命难再逢

红月亮

看红月亮有感

朔风渐起月飞高
一抹霞光进凌霄
初似嫦娥露粉面
转而红月挂枝梢

看照片"宝塔独明"有感

夜半风轻独自明

欲寻不见月行踪

倚窗静望阑珊处

何故今宵思不平

看群主照片"托起太阳"有感

昨夜诗情伴月行
今朝抚榻意犹浓
起身四顾推窗望
扑面阳光托手中

梦

风在空中漫步
我在梦中徜徉

捡一枚石子投向心海
让心灵在涟漪中荡漾
希望那心往的桃花源
真得像梦一样
驻足在我的身旁
好让我举起稍钝的笔
收捡着晨曦、星星和月光

烟雨时
撑一把油纸伞
把思绪停靠在你那湖边的草亭上
看云卷云舒
听潮起潮落

与山林共舞

与鸟虫共唱

累了，抚琴邀月

闲时，凝露成霜

并从指间滑落在素笺上

让胸中的情愫

随性的跳跃飞扬

但，梦在哪里

在山涧小溪

在晓风残月

在人静时的品茗乡愁

还是在恣意的像风一样的情怀里

那就让我们伴着年轮，寻梦吧

尽管，她无现实的芬芳

但却有着玫瑰色的诗意和远方

花约

我和你相约

在那寒退雪消的暖阳里

你用一束清光

冷凝着我的脸庞

柔美的清影荡漾在我的身旁

又把暗香轻轻地在我的心房投放

你用一抹重彩

润染着我的心灵

红的使我热烈

粉的使我激昂

黄的使我向往

紫的使我飞扬

而这些色彩的融叠

又放飞着我多彩的梦想

人是有情的
你何尝不是
你若无情
怎能把最美的一面
尽情地绽放
和你对语
心中陡升美好
进入你缤纷多情的海洋
天地间如梦如幻，一片荣光
似乎我成了你，你成了我
恍若间
已与你共飞于富丽的天堂

你是美丽的、纯情的、无私的
在你的日记里
只能发现和美、奉献、高尚
尽管情犹在时不待
但你那匆匆的足迹里
却留下了长长的倩影
和挥之不去的情满四野的过往
是啊，我们还有相约
我想，相约
依然还是在那心动的季节上

晨光

你站在遥远的东方
静静地把苍穹守望
当星星拖着尾光
还在留恋的回眸时
你已悄悄地把天空抚亮

日月轮回
你一如既往
纵有阴缺
你依然在那里数点着惆怅
把过往的尘埃
凝结成新的希望
好寄托在来日
那新的一轮晨光上

不言孤寂

不怕静寞

一颗清澈的心

只为世间有一抹清清的光

不烈不扬

淡淡清雅

如烟雨中的莲荷

透散着朦胧的倩影霓裳

不重不浓

柔柔娴舒

像一丝嫩柳

轻轻地抚揉着惺忪的河谷山梁

晨光啊

当你牵绊着红日

铺满一地的朝阳时

你却又消失在远方

行走在来日的路上

我喜欢那份宁静

我喜欢那份宁静

独处静室

品茗凝望

让神情留有空白

让思绪定格在那一时段上

无我无物

空洞无方

沉静心志

消融感伤

起身倚窗

看山峦连绵

云影飘荡

物腾神移

灵魂木然地随风旗云船驶向远方

我喜欢那份宁静

漫步山林

随性徜徉

让繁华隐影，喧嚣归藏

让纯朴本然静静地浸润着我的心房

任鸟鸣绕耳

天籁流响

跳过红尘的礼律

找寻那素洁本真的精神礼堂

我喜欢那份宁静

更爱那份情长

深夜孤灯

静静地守望

星月移影

母爱悠长

宁静里洒满了温馨的星光

也凝聚着母亲一生的希望

而如今，那份宁静
任夜风如何叩击我的心扉
也只能是一种无奈的回想

那份宁静啊
你就像晨曦中的浮云
缀染着我生命的天空
也承载着我心灵的七彩光芒
你就像一湾清月
粼粼银光中
潋滟着美丽的故事
也清凝着我的红尘过往
你就像一淙泠泠的溪泉
润抚着我的心田
也将汇积成流
推船送我去远航

那份宁静啊
你永远种在我的心底
也永远是我今后心灵飘落的河床

记忆

我不曾忘记
那深埋骨子里的记忆
你是血脉的伸展
你是乡情的沉积
月光赋予你故事
故土孕育着你的根须

一阵轻风
就能吹艳了笑脸
一只风车
脚步便能贯穿东西
氤氲的山峦储存着你的信息
绵绵的河水与你相偎相依

那吻山的夕阳

奏响了紫红色的暮歌

青石板的雨巷

诉说着家的温馨和甜蜜

这如梦似影的过往啊

有的带着清香

化作了梦中的彩蝶

翩翩起舞在我的脑际

有的犹如藤蔓

丰盈壮大着我的灵魂和躯体

虽然时间已把你折叠

但当静下来的时候

你依然会掀开帘儿

悄悄地来到我的心里

祭屈原

烟雨苍茫问九天
忠臣何故报国难
一江清水送屈子
烈烈英灵振河山

我愿是一雨滴

我愿是一雨滴
高入云端，随遇成形
翩若仙子，游目驰骋
踏遍苍穹任我行
管它东南西北风
仰望星河风云起
多少佳话烟雨中
俯察红尘事多变
梅花尽处又春风

我愿是一雨滴
扑向山峦
与峰岩铿锵
与松风共鸣

在山涧中欢唱

在溪流中潜影

饱览山幽林茂

忘情于一路的风景

我愿是一雨滴

投入江海

浩渺中畅游

宽博中逐浪击空

随青荇飘舞

与海燕迎风穿行

推船远航有我的支撑

月光下的波影也有我的笑容

我愿是一雨滴

随风入夜

润物无声

久旱击尘爆飞花

梅来吻叶弄清影

他乡寄寓总是客

唯有情归乃家中

我愿是一雨滴

身形虽小

但那七彩的光芒尽收其中

虽然雨过一切归于平静

可欢畅淋漓的过程

必将轮回重生

是谁，吹来了一丝瘦风

是谁，吹来了一丝瘦风

摇曳着缠绵的嫩柳

轻轻地晃动

把空中静静的云儿剪影

如碧海中的浪花

又像是河汉里流淌的星星

正凝望着对岸的炊烟

慢慢地升腾

啊，那里有难以释怀的过往

和清晰如昨的行踪

有一颦一笑朴拙的素颜画面

更有那受益终生的精神支撑

曾几何时

梦回故里

触摸曾经

悠悠的脚步里

凝重着久违的世态人情

别离，只是为了人生的厚重

不见，并不意味着不在心中

惜别只是浅浅的晨曦

生息与共才是一生的情有所衷

我不想做偏安的云儿

静逸洒脱在空中

只希望真的来一阵和风

将我幻化成水

润入大地

去嗅那伴我沉浮的暮气朝声

聆听小巷里

飘来的熟悉而亲切的生命律动

对岸

就是那一抹斜阳
让我又回到了彼岸
紫红色的空气
盈满了群山、小路
还有那款款的稻田
不知谁在忘我
光闪处提起鱼梭
向粼波深处慢慢地伸展
也许不是为了收获
只求那秋色与长天共欢
舍去红叶与时针
将情怀寄予蒹葭绒飞
与燕声呢喃
也好让心绪在曾经的彼岸弥漫

还有来时

不要把心儿望断

曾经的释怀

定会在不经意间

闪亮在你的眼前

人生怎能囿于一事一天

来过，有时比拥有还值得留恋

曾经的岁月

何论是冷是暖

那入心的一瞬

至真的一幕

镌刻铭心，永远，永远

在这尽染的空气里

问苍茫

流向谁边

淡雅，素洁

平静，释怀

清心，坦然

这就是收获和贮藏的状态

这就是生活和精神休憩与补充的港湾

心灵和语

兰花

花香不知处
体弱置窗台
倩影从不弄
淡中品自来

咏菊

小院茗中弄几盆
黄花摇影送幽馨
一支瘦骨冷霜立
清露尽沾君子身

百日红

日炎蝉叫草蝇飞
藤挂柳丝热贯门
花影艳香成旧话
与荷共舞我紫薇

五四又登徂徕

樱桃时节

峰峦碧染绿云霄
草舍石阶挂山腰
溪上飘来浣纱女
满山尽是红星飘

咏梅

你随雪花走来
轻轻地
不带走一丝俏态
你在朔风中傲立
静静地
把春等待

你不求春的簇拥
让倩影在花海中溢彩
也不望夏的苍翠
昭显你的存在

你从没有想过

秋天里的红叶

把你映得

苍茫中有几分诗意

有几分感慨

但你却深恋着白雪

钟情于旷外

在冰封的季节里尽展你的英姿

芬芳你的情怀

秋思

落木无边
飞扬起寂寞的秋天
瑟瑟的秋风里
你把大地尽染

推窗望月
月光依然
低头沉思
梦回乡关
飞舞的叶儿啊
请捎去我不眠的思念

雪莲

天山雪域冰成川
气纳寒霜志戍边
阅遍人间多少事
冰清玉洁我雪莲

咏梅（又一首）

根入峭峰独恋冬
风食雪润卧寒冰
待得数九今又是
吐尽寒香笑春风

翠花

望翠花

淡雅清馨　朴实无华

望翠花

冰清玉洁　虚怀通达

你虽没有高大的身躯

却把柔美呈现给大家

喧嚣闹市不是你的归宿

静守一隅也能彰显芳华

翠花啊

你静静地守望

斗室有了生机

你幽香轻送

陡然使人奋发

你无欲的情怀

世间多了宁静

你无求的品德

不正说明你更加潇洒

君子兰

片片玉衣相对生
惠中秀外一枝红
它香处处皆消尽
我自亭亭花正浓

小草

寄寓路边不争俏
风餐露宿乐逍遥
年年踏踩悠悠志
野火尽烧节更高

沂山感怀

"天上王城"途中

峰过洞开顺天途
眼前点点草石屋
山峦尽染青烟起
浣女抚石胜彩图

诗情夜语

东江春月夜朦胧
西岭含窗送轻风
香案沉思诗意在
孤烛提笔走蛇龙

牡丹

霞来雾散又当阳
白露轻轻润红妆
阅遍朝朝风雨事
芳节不变拥春光

牡丹（又一首）

小院堂前弄倩影
生来显赫冠花中
等得众丽掀春起
笑领群芳醉春风

牡丹（再一首）

仙子南来降洛阳

精华笑饮酿红妆

不知馨气有何远

招引燕儿又回乡

又上徂徕

又上徂徕情未了
附岩松柏震云涛
太平顶上观世界
一片黛青似云飘

望月

夜晚品茗小院中
蝉鸣树静月当空
倚椅凝望上弦月
何以嫦娥锁寒宫

内蒙古大草原

大兴安岭的松林
涤荡着呼伦贝尔的风
绰尔河上的冰凌
净化着科尔沁草原上的雄鹰
香香的奶茶
弥贯着多情的问候
马背上的歌儿
捎去我蒙古汉子的一片深情

大草原啊
你是那么的宽广博大
又是那么的柔美多情
你成就了一代天骄

也育孕了一种文化
一个别样的风景
你的脊背承载过历史的重任
又在今天瑰丽前行

大草原啊
在中华民族伟大复兴中国梦的征程上
你的明天会更加美丽
也一定会有一个更加清澈高远的天空

做好每一天

送一缕阳光给你
让你在晨风中整装梳理
激发一下心智
把一天的激情装在心底

迎来一片当阳
让生命的热情澎湃洋溢
蒸腾一下思绪
把人生的价值高高举起

添一抹夕阳
让生活的色彩更加瑰丽
沉淀一下心情
把一天的脚步细细数起

人在旅途
就该好好设计
做好每一天
就等于做好了自己

河边

夏日回乡汶水边
熏风荡漾金沙滩
抬头忽见童戏水
如梦人生似云烟

咏荷

碧如青伞舞翩翩
凝露银珠落玉盘
日烈风熏芙蓉面
一节挺立为红颜

咏柳

碧立河边绿云飞
轻抚水面影相随
早发新绿先签到
旷野秋来情不归

锦鲤

碧波娇子应龙身
水起云生龙跃门
试问池中有何感
闲庭信步丽如锦

我爱大自然

我爱大自然
不是为了寻幽探秘
而是想
接触事物的朴素、本真和天然

那河流的悠远
小路的蜿蜒
树林的茂密
小鸟的鸣啼
还有溪中鱼儿无拘的戏玩
特别是山的博大
丘陵的起伏连绵
无不让人流连忘返
无不把人的精气神净化在心间

当你静坐在山顶的石上

眺望远处的炊烟

当你慵懒地躺在山坡的树下

看云卷云舒，莫测变幻

这场景是否使你忘却尘世

忘却拥挤和喧嚣

更有一种飘然若仙之感

当你小桥上凭栏

注视着轻盈的水面

当你漫步在林间

沐浴着透过枝缝的斑驳光点

当你赤脚走在海边

听涛看浪，想象着别样的彼岸

是否，使你多了些宁静

少了些杂念

更使你感到了自身的渺小和内心的空然

热爱自然吧

拥抱自然吧

大自然定会有太多的眷顾和爱恋

我们的明天也必将晴空一片

何况，我们本属于大自然

秋天来了

秋天来了

来得那么匆忙

又那么自然

匆忙地

还没有来得及卸去夏装

去整理下一季的行囊

自然的

仅清晨几片枯叶

便，走进了一个全新的季节

这自然的景象啊

就是这样悄无声息

时光的流转

也绝不会与你商量

春光之美

那只是昔日的荣光

夏日之盛

也不过是以往的雄强

既然秋天来了

何必再迷恋曾经的芬芳和骄阳

何况秋天之实

不正是我们的期盼、心之所往

秋天

云淡风轻燕逐高
蝉鸣蟋唱稻香飘
一年又至秋风劲
晨望露儿挂枝梢

游花博园

北京顺义花博园

连天阴雨入花博
一步十观看点多
庭院区区聚神秀
雨中回望绿云坡

春雨

午夜风过

你悄悄而来

晨曦又把你轻轻地送向天外

当早起的鸟儿

拂醒人们的眼睛

才感觉到你昨夜的存在

不喧不闹

静细如丝

洒下一片期待

不张不扬

润物无声

是你与生俱来的情怀

你的出现
天空更加多彩
大地为之澎湃
万物吐新
山河壮哉
在你的光顾中
又有了一个全新的绿色世界

孝

寒过景明绿叶飞

深谷柏后祭先人

为人最是情先至

万象易失孝当存

问雨

不知何时

你悄无声息

没了踪影

大地一时

疯狂地沸腾

树叶无光

蝉鸣正盛

烈日如炙

热浪横行

田野里的禾苗

没有了往日的热情

像斗败似的垂着双肩

似乎在问："雨啊"

你在何方

怎么如此无情

龟裂的土地

喘着粗气

还在期盼着

期盼着你的降临

好再去重温你昔日的潇洒和润物无声

雨啊

久别的你

何时才能重逢

何时才能再靓丽在天空

秋风

吹一阵轻风
天地间降浊升清，澄明丽空
你用轻盈的双手悄悄地弹奏出秋之韵律
天高云淡，云淡风轻

吹一阵轻风
群山中雾生涛涌，霄起醉松
你用成熟的脚步渐渐地和韵出秋之风景
五彩斑斓，深远宁静

吹一阵轻风
天空中云雨渐聚，电闪雷鸣
你把酷热轻轻地送走
又用秋雨的洗刷
使人渐与凉爽同行

吹一阵轻风
田野里亭亭的身姿随之舞动
累累硕果也因为你的光顾
频频地展露着笑容
收获只是时日
喜悦却已孕育于人们的心中

吹一阵轻风
你把劳作的人们渐渐抚醒
打好行囊
与友远行
当饱览山河壮美后
我们再叙秋天的收获
和秋天的别样风景

吹一阵轻风
我把发丝好好归拢
沉淀一下思绪
将往日的脚步细细数清

秋雨

带着迟来的歉意

你悄悄地走来

不用过多的语言

却能滋润着人们的情怀

你虽不像春雨

润物无声

洒下一片期待

也不似梅雨

绵绵阴柔

挥洒中景色壮哉

但你却冲刷着酷热

赶走人们对伏天的无奈

你和着秋风

使雨后的天更高，云更淡

山河别样的壮美气派

秋雨啊，

随着你的脚步

撑一把雨伞

静立在湖边

苍茫中看湖天一色

听雨打荷叶

不禁要惊叹大自然的风采

你绵绵的秋意

使人感到清凉的存在

也在你的飘洒中

丰收的喜悦

正向我们款款而来

秋雨（又一首）

湖边撑伞水连天
雨打芙蓉意绵绵
抬望群山已无色
送别秋雨正扬帆

秋韵

狂热不是你的性格
因为你早已把凉意纳入胸怀
凋零不是你的品质
因为成熟是你的期待
你的到来
大地多了些宁静
天空更高、更蓝，更有风采
江河深沉悠远
群山为之斑斓壮哉

亭下听雨
缥缈中
那雨打荷声犹如天籁

品一杯香茗

卸去劳作的疲惫

把一天的光景细细数来

不争不躁

天地铸就

孕育成熟是你的情怀

四季行三

注定承前启后，继往开来

卜算子·冬

寒气逾山峦
清冷催人懒
残叶随风舞碧空
飞雪迎风展

冰雪润寒梅
红蕊春前现
待到冰融雪去时
又见满山艳

西风

你从金国走来

烈烈地

傲视着苍穹与万里山河

你的长戟

刺高了天空

蔚蓝中烂漫着白云朵朵

你轻舒长袖

挥洒间

席卷了残枝枯叶

尽管，有了点萧瑟、寂寞

却把大地

又回归成了一片素洁

雁声中飞扬着你的凯歌
秋天也着了你的色
水净了
山深了
在你的面前
绿叶也羞涩地藏了起来
你却把黄花尽情地摇曳

争宠显赫
不是你的品格
而你用真诚和坦荡
送来了累累硕果
当人们的脸上
浸润着收获的喜悦时
你含笑
悄悄地走了

雪

你是那么的圣洁
圣洁的不用七彩来渲染烘托
你又是那么的谦逊
身居高处
却不带一丝傲色
而是带着一年的思念和牵挂
从天国盈盈地飘来
用单薄的身躯
厚重了一地的素洁

一切肃寂了
肃寂了
都在静静地聆听着
你在寒宫里的无奈
和对情回大地的低吟浅歌

山河醉了

万物笑了

笑声中终于明白

静默沉积后的你

为何幻化得

如此的美丽和洒脱

又把人间装扮的银光闪烁

雪儿啊

当人们沉浸在初霁后的景色里

品味着雪踏红梅的韵致

让心灵漫步于清雅素馨的氛围里时

你却笑着

悄悄地润入了大地

流向了江河湖泊

雪（又一首）

你划过一条弧线飘落

渐渐地

用单薄塑造了一个

圣洁的自我

你那纯真、至情至性的心灵

晶莹出如诗如幻的韵律

咏叹着冰天里的颂歌

掠过了山林

流过了江河

就连树上的小鸟

也躲进了巢里

收起了往日的傲色

静观着，你这天国里的使者
只有院中假山后的一枝红梅
顶着银冠斜伸出来
微风中
和韵地起舞着
我看着，看着
苍茫间早已醉入了
这梦幻般的行列

初春

你悄悄地推开了寒门
送来了一路明媚
你用温柔的纤手
抚醒了山河
也让蛰居的生灵
闻到了久默后的春雷
一枝新蕾
翘望空中
似在期盼暖阳的靠近
又像是在等待旧友的回归

丝丝绵雨飘洒着你的情怀
无声中润泽着大地
又把绿意轻轻地放飞

偶尔料峭的春风

让我们在重温昨日的冷峻中

更懂得了你的可贵

尽管你还没有来得及说声再见

就已匆匆离去

但，从你惜别的回眸中

足显出你对世间的热恋和情义

初春啊

请不要叹息，不要流泪

你可知道

在你羸弱的身后

明媚的阳光时时相随

春雨

春风昨夜送春雨
庭院沙沙听雨息
晨起梅园踏香径
落英满地叠锦衣

春趣

清晨漫步小溪边
脚踏露儿没草间
一阵和风惊翠鸟
绿丝垂动闹溪湾

报春

春风吹过草萤飞
小雨丝丝入家门
试问谁家小幺妹
折得新蕾报春归

春雨（又一首）

寒气从日历间滑落

暖意随风儿慢慢地走来

一声春雷

送出了你的存在

如丝如缕

梦幻般地弥漫着你的神采

似珠似针

温情地滋润着大地尘埃

你飘过枝头

轻轻地

拂去了枝头上的惆怅和等待

你跨上山岗

山岗变得葱茏澎湃

春雨啊

花红柳绿是你殷殷的企盼

又在绿肥红瘦中播种着未来

草长莺飞是你的情怀

可当看到山河壮美时

你又把足迹深深地掩埋

悄无声息是你的品格

无声中

你却塑造了一个崭新的世界

春雨啊

你悄悄地走了

不!

你没有走,你没有走

你看那一片片的翠绿,一片片的花海

不正是你的身影和精神的所在

春韵

和风送雨润山川

绿野莽莽碧云天

柳岸花溪醉春意

一弯江月唱人寰

月季

繁花隐影

落英消融

花潮渐去已成空

绿影婆娑雨渐浓

在这绿肥红瘦的季节里

你带着往日的情缘

款款而来

用清纯洁美的淡雅

嫣然着人们的眼睛

想把那空寂的心儿

渐渐地丰盈

不争不宠

随遇而安

但站在哪里

都是一道亮丽的风景

热情洒脱

悠然淡定

微风中却把幽香暗送

花谢了，志不零

打好行囊又出发

待来月

绿丛中又会展现出你曾经醉人的笑容

我们在月下相逢

夜色不再迷蒙

我们在湖边遇见

轻风中

涟漪抚揉着你的倩影

案台上有你

书香更胜

一路有你

脚步倍感轻盈

红尘中有你

世间多了些诗意

生命里有你

人生才会变得如此美丽雍容

月季啊

当你走完了这一程

在你的心底

又会暗暗地描绘着来年的重逢

月色朦胧

在朦胧的月色里
喧嚣了一天的时光
就像着上了迷彩一样
幻化了自己
也幻化着人们的眼睛
万物迷蒙了起来
原本白天亮闪的诸色
也换了统一的衣裳
就连轻风吹来
枝叶沙沙中
也只是拖着灰蒙的虚像来回荡漾

月光想极力穿过层层迷障

和大地相约，和人们相约

但那飘动不断的浮云

似乎贪恋着人间迟迟不愿离去

早已把归途遗忘

我站在窗前久久的凝望

这月色朦胧的景象

正渐渐地潮湿着我的记忆和过往

有多少个这样的夜晚

我和万物一样都被迷蒙着

殊不知灯光下有一个身影

正在匆忙

赶洗衣物，收拾着明天的行装

有时也为儿女的进步喜悦

有时也为儿女的某些不足挂肚牵肠

不是这迷蒙的月色重染了她的愁容
而是那份慈爱
在轻轻地梳理着儿女们的成长

这迷蒙的月色啊
你就继续迷蒙吧
也好暂时掩饰我的凄楚
和深埋心底的惆怅、痛伤

老龙头

倚天临海立东方

风雨沉浮起苍茫

六百年来多少事

乌云过后尽风光

早春游西山

西山含笑绿云生
片片彩蝶戏水中
隔岸遥指飞彩处
游人结伴笑春风

卜算子·春雪

窗外雪飘飘
蝶舞空中笑
喜逐柔风曼舞时
又现吉祥兆

岁末送春早
瑞雪随春到
缱绻春寒倩影来
只为春天俏

卜算子·北京无雪

2018 年冬天

岁末送春来
无雪冬清寂
唯有梅儿伴作友
谁解其中意

朔北起狂飙
一任尘沙起
望断云儿不复来
只盼春寒里

咏梅（再一首）

举头邀月话衷肠
峭壁凌寒起暗香
瑟瑟风来拂傲骨
雪花深处报春光

鸿起静处

悟

草枯了，又长
水泄了，又涨
老人的背后
会留下子孙脚印一行行

斗转星移
酷暑秋凉
失败飘过
又会孕育出新的希望

尽管人生苦短
旅程苍苍
驾驭自己的
依然是信念的坚强

无题

待到菊来百花羞
情临深处自漂流
闲云悠志随风舞
逐浪梦飞任尔游

试问真情何所知
坦坦心素自能修
等得雨过观晴日
消尽它花香自幽

北风

有人说北风是鞭子
催打着春天
使芳华初绽的靓丽
留下依依的惜叹

有人说北风是利剑
劈打着夏天
使茁壮浓密的翠绿
停止触摸蓝天的志愿

有人说北风是无情的手
采摘着秋天
使渐渐充实的灵物
撒下黄叶片片

然，北风也有北风的语言
不是它背后的逼赶
而是，一切事物
都有其规律的必然
试想，假如没有北风的抚摸
大地怎能素洁一片
假如没有北风的体验
人们怎能识别冷暖
尽管北风迎来了冬日
这不正意味着春日不再遥远

人生

人生犹如天空
有时彩云朵朵
有时阴霾一片

当春日悬上蓝天时
不要因适意而张扬
当朔风铺地呼啸时
不要因刺痛而萎倦

人，挺起就该是个脊梁
何必被不意所牵绊

创业

眺望山巅云自飘
畅游大海浪逐高
人生百味缘于世
创业艰辛为来朝

追求

真诚不代表灿烂
友谊也不代表体现
脚踏实地才是你我的情感
奋进求实才可能抒写诗篇

尽管人生是那么短暂
可遇事物是那么的薄浅
但人生在世
难道不就是为了追求
属于自己的那片蓝天

我曾想

我曾想拥有一座木屋
存放起我的希望
我曾想生长在海边
像海燕一样
在蓝天和碧海间翱翔

清晨的一抹阳光
曾激起我无边的遐想
朔风裹着的雪花
也曾飘飞起我的理想

可世事的沉浮

岁月的流淌

成熟着我的脚步

纷繁的世界

飘忽的人生

使我的眼睛更加明亮

理想只是栋梁的嫩芽

磨炼才是成功的土壤

不失志

莫停步

我想，希望的光芒

定会升起在奋斗的前方

我是轻风

我是轻风
虽比不得海啸
能把地球晃动
但却能将心中的云儿
随意撕成

我是轻风
虽不如月光
能把倩影朦胧
但却能将迷茫的人儿
渐渐抚醒

是，我是轻风
没有狂飙的气势
也没有飞雪的性情
可我还是愿做这轻风

翱翔

踯躅街头
任思绪飞扬
看红尘凡事
总希望人人安康

管它西冷东热
管它北阴南阳
好男儿当自强
展开翅膀
尽情地翱翔
翱翔 翱翔
迎着渐起的阳光
向着勃发的晨浪
情落处已是歌声高亢

世事难料

风啸盖世事难为
路漫崎岖意灰灰
世事曲直几能控
待得雨过彩霞飞

放平心态

小悟才得别自满
放平心态是本然
循循渐次层层进
香艳盛于勤奋边

做好自我

内修外炼是规范
踏秀握实心坦然
何论人生进与退
自我做好有诗篇

顺其自然

千里寻得事所归
一时失意莫消沉
心存平淡春常在
莫让邪恶占我心

千山有望

心存宏愿千山过
砥砺前行路不难
磨炼人生舒壮志
笃行思慎彩满天

坚持

身虽境内常思外
不到长城志也来
一日事宜需做好
他香飘过我梅开

求学

幼时无智今思进
励志求学访高人
寒往暑来笔不断
只求不负教师身

平安

您是春风

拂绿了杨柳岸

您是微笑

绽放在你我的心田

您是脊梁

拱起事业的大厦

您是大树

绿映着美丽的家园

您是亲友的等待

父母的祈盼

您是社会的基石

经济的风帆

您使人间变得更加温暖

阳光更加灿烂

平安噢，平安

您是今天，又是明天

您是规范，又是情感

您是一片蓝天

祥和安然

您是一湾碧水

平静恬淡

愿我们的学校拥有您

愿每一位技校人

拥有这一片蓝天

技校颂

岁月翻卷
世事变迁
弹指间
技校的脚步
已走过了三十年

回想当年
乱石成山
沼泽片片
举目四望
狼藉生烟

看今朝

路幽林荫

芳华满园

翠山静湖

彩泉飞溅

高楼里

集聚着学子的智慧

广场边

飞扬起求知的宏愿

灯光下

闪耀着人生的希望

杨柳岸

生长起生命的支点

理想信念在这里升腾

友谊个性在这里延展

技校啊 技校
你是人才的基地
你是矿工的摇篮
百年新矿有你的奉献
铸就辉煌有你的诗篇
栉风沐雨是你的精神
耕犁浇灌是你的信念
坚定执着 成熟着你的个性
与时俱进 续写着新的起点
新的征程
在你的脚下延伸
未来蓝图已光彩斑斓

一代一代的技校人噢
迈出的是坚实的脚步
实现的是共同的夙愿
让我们携起手来
共铸技校
更加美好的明天

元旦颂歌

去年今宵

今又今宵

今宵我们的心情特好

看瑞雪飘飘

听丝竹缭绕

我校的风景独好

曾几时

瓦砾遍地

白色昭昭

蒿苇横生

鼠走兔跑

看今朝

泉柳相映

花草环抱

楼亭林立

云清天高

和谐平安是我们的主题

创新求实是我们的指导

与时俱进体现了我们的风范

打造文明永攀事业的新高

智慧奋进的技校人噢

是您创造了

一个又一个的奇迹

又是您赢得了

一个又一个的骄傲

您是灯标

辉映出求知的航线

您是阳光

茁壮起一批又一批新苗

您使技校

蓝天更蓝

您愿技校

高上再高

而今 我们又肩负起历史的重任

踏上了新的征程

我想只要你我携手努力

就会无愧于

这所美丽的学校

初冬

当枯叶向你招手
朔风早已孕育着你的到来
腼腆含蓄
有时像初到闹市的童孩

有点冷不是你的初衷
有点痛
更不是你的情怀
因为沧桑轮回早已安排
山野因你变得凝重
树木因你变得深沉、实在
村庄的上空
也因你升腾起新的色彩

你是繁花的积蓄

希望的所在

你坚定着人们的精神

冷峻着人们的心态

也在沉淀中萌生着新的未来

相逢是歌

相逢是歌
遇见是缘
经过时空的洗练
已不再是明亮的话语
动人的诗篇
有的只是一份沉静
多的只是那片淡淡的云天

啊，人在天边
梦却在眼前
操持命运的手啊
就成长在你我的心间

就该这样

当我站在高高的山上
故乡的炊烟冉冉地向我招望
当我夜行在路上
前方的明灯静静地为我指明方向
当我航行在海上
远方的航标默默地为我引航
当我迷茫在世上
书中的知识会带给我无穷的力量

那么，现实中的我应该怎样
应该心系故乡
找准方向

无论是顺境还是无助

都应坚定信念，聚积力量

坚守本职，发热发光

因为我们都有责任

都有担当

好男儿

就该这样

醉了

听王老师《烟花三月下扬州》金曲有感

醉了，醉了
那是人之向往的地方
碧波绿羽
浅笑深意
柔柔的一湾浓情
留在了这瘦西湖里

烟雨廿四桥
淙流青石壁
一枝垂丝
默送着孤帆远影碧空里

明月夜心儿在这里涟漪
玉箫却把你悄悄地枕在梦里
放飞着生命的过往
捡拾着如梦的记忆

草儿抚履
露儿亲昵
晓风揉耳
夕岸偎依
山水的清音
叮咚着心智
红尘的洒脱
沉浮着生命的迷离

烟雨枫桥
楼台酒肆
一泓轻水
盈盈地推你江南梦里
情怀如烟花弥漫沉起

东风无语

宅日雪飘　疫魔未消　心沉而感

灰暗的空气里

天地苍茫

似铅凝重

沉落的雪儿

已无昨日的晶莹

纷纷的

软软的

几曾见一丝往昔的心情

太阳极力挣脱灰蒙

可谁知东风吹来

昏霭里

依旧悄然无声

黯立窗前

神色迷蒙

随雪举目

难掩情怀

想把一曲心儿倾诉

今冬怀己迎庚

怎料竟是如此痛心沉重

国重如山

疫情似火

天使的壮举

步履难行

可壮怀之烈

横贯苍穹

信念磐石般坚定

挺起来吧

我可爱的姊妹弟兄

你们的背后是泱泱华夏

五千年铸造的众志成城

魑魅魍魉妖形倏现

但！中华文明之光

终将其化影消形

雪儿啊

不要哭泣

东风虽然当下无语

可随来的阳光

必将拥满暖意春风

和那朗朗的长空

永不泯灭

摘一支不了的雨雪
收入怀中
将依稀的念想
渐渐润平
采一曲幽幽的月夜
枕在梦里
把胸中的情怀
轻轻地规整

一夜的幽步
一帘的月影
可堪阑珊处
不见婆娑影重重

还是那片尺素
还是那坞津渡
梅花春寒
残香留影
故水长流
却少了那冷泉寒亭
潇洒逸然的风景

静守的彼岸
印满孤独
经年的铅华
只见沧桑丰盈

岁月里踱步
阡陌间回眸
折叠的山水
倔强出那一目的深情
把我带回了曾经
带回了那永不泯灭的梦中

思念

总想把曾经珍藏
但那情深处不经意的涌动
时常悄悄地推开心底的窗
带你走在恍若昨日的过往
漫步依稀可辨的村庄

晨曦抚摸着青涩的脸庞
脚印指着未来的方向
黄昏里的孤影
洒落在河边的芦荡
雨滴的浸润
缀满欣喜和欢畅

一场雪的到来
惊艳了清寂的心
那冰清玉洁的晶莹
留下的是清纯的韵律
质朴的诗行
银装素裹翩然起舞的身影
飞扬着对美好的渴望
生命的畅想

啊，故乡
炊烟弥漫着您的躯体
也快乐着我的成长
悠悠的汶河水
哺育了我的灵魂
也推我去了远方

从此，多了静默
多了凝望
添了期盼
添了惆怅

啊，故乡
其实，您一直就在身旁
因为，那一方水土养育的血脉
始终为您流淌

赠静土拙诗一首

您的声音像

冰山雪莲的晶语

广袤草原的琴声

轻轻晶莹飘荡着一丝净纯

辽辽厚阔弥散着入心的甘醇

铿锵中柔情渐润

细腻里惊语重重

长调京音

字正腔圆

扮一派潇洒人生

写满自己的性情

只为

山一程，水一程

不忘朗诵这一程

思乡

听荷 "风送花香春渐浓"有感

春意渐浓杨柳风
游人花下步从容
湖光惊起思乡燕
翠处又拥故人情

偶得

总想采一片云

放进梦里

让云吸纳生命的絮语

丰盈梦的美丽

总想摘一朵花

靓在静室

让幽幽的淡香萦在脑际

芬芳梦的心底

总想邀一明月

倚窗对语

让冰清的光将心灵静谧

净出新的境地

总想坐拥海边
看潮涨潮落
让生命的气息圆润如一
轻抚脉的韵律

可宇宙的律动
怎能韵着自己
小河的柔波
怎能时时漂出如意的涟漪

就这样
就这样吧
晓风后
阳光定会灿烂
夕阳下
霞彩依旧瑰丽

秋深了

秋，深了
天，高了
秋思，稠了
稠出了惆怅
山色，重了
水色，净了
重染了天涯路
净出了思乡的情长

仰望天空
淡云飘浮
一行鸿雁凌空飞渡
翱翔中有深深的不舍
但嘶鸣的韵律
却孕壮着回乡的希望

一串冷露盈满酸楚和愁伤

在瑟瑟的秋风里

借着晨曦向远处深情地张望

背井的人儿

望着黄叶纷飞

梳理着情怀

捡拾着过往

几度山顶

举目眺望

几度徘徊

轻轻地问斜阳

请把我的思念带上

会同您的光芒一并洒向故乡

几曾月夜梦醒

披衣推窗

邀星月絮语

探问亲友的安康

唉，原本随手可摘的日子啊
如今却变成了苦涩的奢望
只能请
晨钟暮鼓护佑家乡的山山水水
只能请
日月星光爱抚我心中的那一方